김현정의

내숭

김현정의

내숭

조선.북

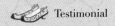 Testimonial

김현정 작가의 작품은 일단 예쁘다. 한복을 입은 아름다운 여인들이 등장하는 그림들은 쭉 보는 것만으로도 눈이 즐겁다. 하지만 좀 더 살펴보면 거기에 숨은 위트와 풍자에 새삼 더 놀라게 된다. 여기에 그런 멋진 작품을 만들어 낸 작가의 생각까지 더하여 만든 책이라면 그녀의 그림을 좋아하는 팬들에게 이보다 반가운 선물은 없을 듯하다. 자신만의 세계에 빠지지 않고 이렇게 다양한 방법으로 대중과 소통하는 행보가 김현정 작가의 미래를 더욱 기대하게 한다.

－배우 **김수로**

그녀의 그림은 대비의 예술이다. 시간을 초월하는 과거와 현재, 공간을 초월하는 동양화 서양의 아름다움이 한 폭의 그림 안에서 어우러지며 단아함과 섹시함을 동시에 자아낸다. 그런 그림을 그려낸 작가의 속내를 들어볼 수 있는 책이 나온다니 마치 그림 속 그녀들의 일기라도 들여다보게 되는 것 같아 벌써부터 설렘이 가득하다. 식상함에서 상쾌하게 벗어난 화폭 속의 숨겨진 이야기를 통해 우리 모두 그녀에게 창의성을 수혈 받을 수 있지 않을까 기대해본다.

－게임인재단 이사장 **남궁훈**

교교한 낯빛에 갸름한 얼굴, 아얌을 올린 참한 매무새로 명품과 구두에 집착하는 아가씨라니…. 그림 속 그녀는 겉으로는 시치미를 떼며 우아한 척 꾸미고 있지만 속으로는 속물적인 욕구를 갖고 있다. '당신도 나도 모두 내숭을 가진 존재야'라고 자조적으로 내뱉는 듯한 인물은 작가 자신의 내면이자 동시대인의 '또 다른 자아(alter ego)'라고 볼 수 있다. 모순된 내면을 긍정하면서 대중과 소통하는 김현정 작가의 모습이야말로 21세기형 예술가의 전형이라 할 것이다.

– 서울백병원 교수 우종민

김현정 작가의 작품을 처음 접했을 때 느꼈던 신선함을 아직도 기억하고 있다. 전통화의 섬세한 틀 속에 발칙하고 발랄한 현대적 해학을 담은 작품을 보면서 전통을 창조적으로 파괴하여 자신만의 독창적인 세계를 만들어 가는 작가의 예술혼을 느낄 수 있었다. 기존의 순수예술가들과는 달리 자신의 작품을 온라인상에 스스럼없이 공개하고 다양한 루트를 통해 대중과 소통하며 끊임없이 진화하는 그녀의 모습을 보면서 그러한 독창적 예술세계는 개방적이고 진솔한 그녀의 일상 속에서 탄생한 것임을 알게 되었다. 작가의 그런 노력이 담긴 이번 책도 아름다운 그림 그 이상의 가치를 사람들에게 전달할 수 있을 거라 믿는다.

– 카카오 대표이사 이석우

내숭, 내 성장통의 기록

어린 게가 더 크고 단단한 껍데기를 얻기 위해서는 아픔을 견디고 위험을 무릅써야만 한다. 그러한 탈피를 거치며 비로소 어른 게로 성장한다. 사람의 마음이 자라는 과정도 어린 게가 작은 껍데기를 버리고 새 껍데기를 얻는 것과 비슷한 것 같다. 수많은 잔병치레를 하며 더 탄탄해지고 그 품이 넓어진다. 내가 느끼기에 마음의 성장 곡선은 직선형이나 유선형이 아니라 계단형이다. 마음에 찾아들었던 아픔을 이겨낼 때마다 크고 새로운 마음의 틀을 얻게 되는 것이다. 틀을 깨지 않고서는 마음이 자랄 수 없다. 마음이 아픈 것은, 더 크고 단단한 껍데기를 얻기 위해 성장통을 겪는 것이라고 생각한다.

그간 나의 마음은 담묵을 칠한 듯 차갑고 모호하게 내려앉아 있었다. 나는 중요한 '무엇인가'가 되는 데에 일종의 강박이 있었던 것 같다. 누구나가 가치 있는 존재로 인정받기 원하겠지만 나는 그것이 특히 심했다. 그만큼 많은 사람들의 기대를 충족시켜야만 했고, 누군가가 나에게 곱지 않은 시선을 보내거나 손가락질할 때에는 한없이 움츠러들고 견디기 힘들어했다. 다른 사람들이 나에 대하여 내리는 정의와 평가, 그리고 나의 어깨에 얹는 기대는 내 판단의 지표이자 기준이 되었다. 많은 이들의 기대를 충족시키기 위해서는 나의 모습 또한 무수히 다채로워야만 했고, 나는 그 많은 자아의 허상들 사이를 이방인처럼 떠돌았다. 가치 있는 존재로 여겨지기 위한 노력들 속에서 아이러니하게도 나라는 존재의 고유함은 명멸하듯 자리를 잃어가고 있었다.

'내숭 이야기'는 내 존재의 모호함과 수많은 허상에 대한 반발심에 시작한 작업이다. 그리고 작업을 통해 허상들이 나에게 안겨준 상처들을 치유해왔다. 나는 회색 지대 속에 머물고 있는 나 자신에게 분명한 나만의 색깔을 보여 달라고 끊임없이 재촉하며 손을 이끌었다. 그렇게 나 자신과의 익숙하면서도 낯선 만남을 계속하면서 타인의 시선과 평가에 대한 미련으로부터 조금씩 벗어날 수 있었다. 마음이 아팠던 시간과 그것이 치유되는 시간을 지내고 나니 이제야 그것이 성장통이 아니었는가 하는 생각이 든다. 적어도 한 차례 마음의 탈피는 분명 있었다. 이처럼 나의 감정과 생각을 정리할 수 있을 만큼 내 마음이 단단하고 커졌으니 말이다. 예전이라면 감당하지 못하였을 법한 일들도 지금은 제법 덤덤하게 지나 보낸다. 여전히 주저하고 망설이지만 그래도 나의 삶을 좀 더 책임감 있고 용기 있게 마주할 수 있게 되었다고 믿는다.

지난해 단풍이 물들 무렵 '내숭 올림픽' 전시를 위한 작업에 들어갔었다. 그리고 어느덧 십수 년 만이라는 오월의 더위 속에 막바지 준비를 하고 있다. 추운 겨울을 지나며 걸어온 수개월의 여정을 떠올리니 가슴이 벅차오른다. 솔직히, 스물일곱 되는 해의 아름다운 봄을 계속 작업실에서 보내면서 위기의식과 회의가 들 때도 많았다. 하지만 그보다 내 청춘의 한 페이지를 알차고 빼곡하게 채워갈 수 있다는 사실이 주는 안도감과 기쁨이 더 컸기에 꿋꿋하게 걸어올 수 있었다. 이 자리를 빌려 이 짧지 않은 여정 중 나와 함께해준 사랑하는 가족과 동료들, 그리고 나의 작품과 이 부족한 글에 관심을 가져주시는 모든 독자 분들께 감사한 마음을 전하며 이제 조심스럽게 내 삶과 작업에 관한 이야기들을 펼쳐본다.

김 현 정

Contents

그녀, 내숭

내숭 이야기

스무 살을 갓 넘긴 여대생이었을 때의 나는 사람들과의 관계에서
마음에 상처를 입을 때가 많았다.
특히 내가 감당하기 힘들었던 것은
나의 어느 단면만을 보고 내가 어떤 사람일 것이라고
쉽게 단정 짓고 평가하는 사람들의 시선이었다.
이는 비단 나만의 고민이나 문제는 아니었을 테지만
유난히 나는 다른 사람의 시선에 예민했고 그 무게가 버거웠다.

흔들리지 않고 중심을 잡기 위해 내가 어떤 사람인가 혹은
어떤 사람이 되어야 하는가를 생각하는 자문(自問)의 시간에 잠기곤 했지만,
자아를 명명하기란 여전히 어려운 일이었다.
그리고 그 무렵 혼란의 원인이 된 시선과 평가에 대해 상당한 반발심을 가지고 있었다.
고상한 한복을 입었지만 전혀 어울리지 않는 행동을
하고 있는 장면을 포착한 작업인 '내숭 이야기'는
나에게 상처를 준 사람들을 희화화하려는 의도에서 출발한 것이었다.

空 I
|

안부를 묻지 마세요.
내일을 궁금해 마세요.
신발 끈을 꽉 조이지 마세요.
혹여나 넘어지면 얼른 신발을 벗어 저 멀리 던지고
생긋 웃으세요.

| 내숭 : 空 Feign : Heritage of the Mind

피어나다

공작새가 깃털을 펼치는 순간처럼,
나의 자아가 펼쳐진 화폭.

피어나다.

| 내숭 : 피어나다 Feign : Come into Bloom

몰입 I

화면 속에 빠져든다.
주변의 소리도 들리지 않는다.
발가락은 꿈틀거린다.

나는 이러한 상태가 좋다.
아무에게도 방해받지 않는 기분.
온전히 나 혼자 있는 이 기분을 즐겨본다.

| 내숭 : 몰입 Feign : Immersion

연심

복잡한 마음을 달래기 위해서
멍하니 TV를 볼 때가 있다.
딱히 재미있는 것도 없는데 그냥 오도카니 소파에 앉아 있다가
잠이 든다.

그런데 나중에 알고 보니 그 사람도 그런 시간을 보냈다고 했다.

| 내숭 : 戀心 Feign : Longing

空 Ⅱ

무작정
위로 받고 싶고
투정부리고 싶은,
그런 날이 있다.

나를 위로해 줄 수 있는 것은
크고 대단한 것이 아닌,
이런 작은 만남.

| 내숭 : 空 Feign : Heritage of the Mind

| 내숭 : 새벽 1시 Feign : 1:00 AM

새벽 1시

새벽 1시.

나도 모르게 머릿속에 엘리스의 이상한 나라를 만드는 시간이다.
이 시간엔 마법처럼 감수성이 샘솟고
긴장해 있던 일상의 자아는 물러간다.
대신 내 안에 숨어 있던 어린아이가 나타난다.

건강한 정신을 가진 사람도
정신의 분열을 경험하는 시간,

새벽 1시.

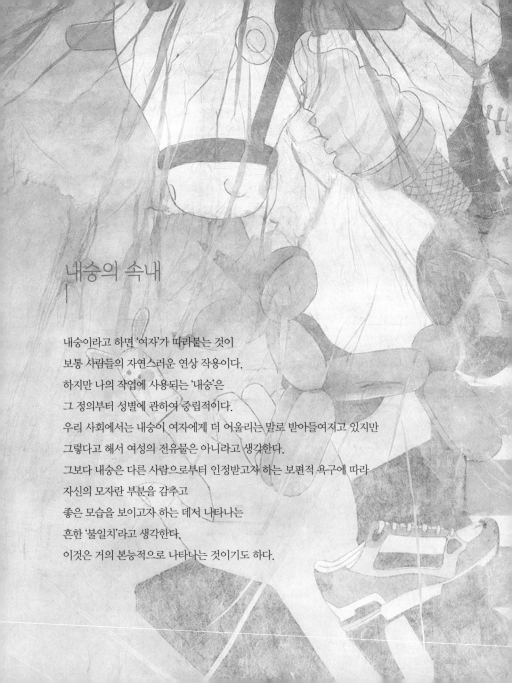

내숭의 속내

내숭이라고 하면 '여자'가 따라붙는 것이
보통 사람들의 자연스러운 연상 작용이다.
하지만 나의 작업에 사용되는 '내숭'은
그 정의부터 성별에 관하여 중립적이다.
우리 사회에서는 내숭이 여자에게 더 어울리는 말로 받아들여지고 있지만
그렇다고 해서 여성의 전유물은 아니라고 생각한다.
그보다 내숭은 다른 사람으로부터 인정받고자 하는 보편적 욕구에 따라
자신의 모자란 부분을 감추고
좋은 모습을 보이고자 하는 데서 나타나는
흔한 '불일치'라고 생각한다.
이것은 거의 본능적으로 나타나는 것이기도 하다.

결국 사회의 통념에 따라
개인이 자아의 정체성을 양보하는 현상이라는 생각도 든다.
내숭 이야기를 처음 구상할 때에는
내숭을 떠는 사람들에 대한 희화화의 욕구가 컸지만,
작업을 진행하다 보니 지금은 내숭이
심리학적, 철학적 분석 대상이 되었다.

본능

아름다움에 대한 욕심은
현관을 나서는 순간
본능처럼 나를 뒤따른다.

키가 작은 내가 본능적으로 이끌리는 하이힐.
나는 오늘도 하이힐과 함께 산책을 한다.
이것이 나를 속박하는 끈일지라도,
타인의 시선을 대하는 내 삶의 방식에 불과하더라도,

이 봄,
벚꽃 아래 한껏 치장한 나는 즐겁기만 하다.

| 내숭 : 본능 Feign : Instinct

아차 I

|

오늘도 무심코 클릭하는 인터넷 쇼핑몰.
구매와는 상관없이 풀리는 갈증.

'아!'
하는 순간의 깨달음.
쇼핑 중독.

| 아차 我差 Feign : Oops

동상이몽

|

화려하게 만발해 있는 꽃.
자신의 속마음을 숨기듯 수줍게 웅크리고 있는 여자.
표현하는 방식은 다르지만 이 둘은 모두 눈이 부시도록 아름답다.

'아름다움'이라는 명제에 대한 우리의 기준은 제각기 다르다.
그럼에도 불구하고
아름답다는 말은 그 자체로 매우 멋지다.

| 동상이몽 Feign : My Soul Is on Something Else

내면의 초상

매일 아침 거울을 보는 것은 익숙한 일이지만, 약간 불편한 순간이기도 하다.
있는 그대로의 나를 봐야 한다는 사실 때문일 것이다.
여자는 자신을 더 못생기게 인식한다고 했으니
다른 사람이 보는 나의 모습보다 스스로를 더 못난이로 볼지도 모르겠다.

나는 작업을 하면서 늘 거울을 보고 그리는 듯한 느낌을 받는다.
때로는 불편한 나의 본연의 욕구들이 그림을 통해 나타난다.
거울이 내 모습을 보여주듯 사람들의 욕구를 반영하는 것이 나의 일이 아닐까 싶다.

나는 아무리 바빠도 아침마다 꼭 화장대 앞에서 단장을 한다.
화장이라는 것은 나에게 중요한 의식과도 같다.
화장하는 동안 여자는 자신에게 놀랍도록 몰입하며
역설적이게도 스스로를 가장 객관적이고 솔직하게 마주한다.
이는 자기애를 확인하는 과정이자 온전히 혼자만의 순간을 즐기는 시간이기도 하다.
아름다움을 위해 진실하게 노력하는 순간은 그 자체로 아름답다.
매일같이 경험하는 이 놀랍고도 역설적인 아름다움의 순간을 붙잡아본다.

| 내숭 : 내면의 초상 Feign : Portrait of Inner Ego

새빨간 거짓말

|

그녀에게 온 두근거리는 전화 한 통.

수화기 너머 뭐 하느냐고 묻는 남자에게

"나? 책 읽고 있어"라고 자연스럽게 대답한다.

그의 목소리를 듣는 순간, 자동으로 새빨간 거짓말 발사.

금세 목소리와 표정까지 새침해진다.

새빨간 청소기를 돌리고 있지만

표정과 목소리만큼은 고전을 읽고 있는

귀여운 내숭녀.

| 내숭 : 새빨간 거짓말 Feign : Whopper

몰입 Ⅱ

누군가는 다른 사람의 연락을 기다리고
다른 사람은 누군가의 체온을 그리워한다.
관계와 상황은 때때로 빗겨나가며 이상한 풍경을 만들어 낸다.
시간은 항상 흐르다가도 멈추고 모든 것을 어지럽혀 놓기도 한다.

누구나 그 시간의 주인공이고 싶어 한다.
하지만 대부분의 경우 주인공은 내가 아니다.

| 내숭 : 몰입 Feign : Immersion

그림 속의 나

|

초기에 작업을 할 때에는 화면 속 인물에 다른 사람의 인격을 덧씌우고 있었기 때문에
그림 속 여인은 나의 탈을 쓴 다른 사람이었다.
그러던 어느 날 새벽, 작업실에서 몽롱한 정신으로 거울을 보았다.
거울 속에는 화폭 속 여인과 외모와 그 속마음까지도 쏙 빼닮은 한 여인이
나를 보고 있었다.
이는 사소한 경험이었지만 나에게 있어 중요한 전환점이 되었다.
작업 속의 '당당하게 자신의 모습을 드러내지 못하고
어정쩡한 모습을 보이고 있는 여인'은 바로 나 자신이었던 것이다.
다른 사람인 줄로만 알았던 화면 속의 여인이
생김새뿐만 아니라 그 본질까지도 나의 모습과 닮아 있었다.
그렇게 타자화된 나의 모습을 발견한 이후,
본모습을 찾고 싶지만 어디로 향할 줄을 모르던 나의 시선이 내면으로 집중되면서
새로운 몰입의 국면을 맞이하게 되었다.

낯선 혹은 익숙한

나에 대한 다른 사람의 시선과 평가.
타인의 기대에 맞춰 살기 위해 한 발 두 발 스스로를 양보해온 나는
어느덧 낯선 이방인처럼
혼란스러운 마음속을 헤매고 있다.

| 내숭 : 낯선 혹은 익숙함 Feign : Familiar but Unfamiliar

낯설면서도 익숙한 나와의 조우(遭遇).

| 내숭 : 낯선 혹은 익숙함 Feign : Familiar but Unfamiliar

너를 통해 위로받는다

상처를 받아 위로받고 싶은 그런 날이 있다.
따뜻한 사람을 만나면 어느덧
자신도 모르게 몸과 마음이 따뜻해진다.

중요했던 건 물리적 온도가 아니였다.
차가워진 마음이 문제였던 것이다.

주객전도

우리 집 강아지 이름은 현동이다.
언니와 나의 돌림자인 '현' 자를 써서 우리 동생이라는 의미로 지은 이름이다.
어릴 때부터 동생이 있었으면 하는 바람을 갖고 있다가 몇 년 전 현동이를 입양했고
함께한 지 3년이 되던 해에 이 작품을 그렸다.

가끔은 현동이가 동생인지, 내가 현동이의 동생인지 모르겠다.
내 속을 환히 꿰뚫어 보고 자기가 원하는 걸 얻어내는 것을 보면
강아지인 척하고 있는 현동이가 나보다 더 어른같이 느껴진다.

| 내숭 : 주객전도 Feign : Putting the Cart before the Horse

운치 있다

까치발을 들어 차가운 변기에 기대본다.
생각보다 편한 자세에 다음 동작을 이어간다.
허리를 약간 숙여 팔꿈치를 허벅지에 고정한다.
손목은 너무 처지지 않게 살짝 기울여 각도를 유지한다.
이상한 버릇이지만 입술은 새초롬하게 삐쭉 내밀어본다.
모든 자세가 완전해지면 비로소
세상 모든 게 평화롭게 느껴진다.

세상에서 가장 운치 있는 나만의 공간.

| 내숭 : 운치 있다 Feign : Harmony with Tranquility

아차 II

'나 아(我)' 자에 '모자랄 차(差)' 자.
부족한 나를 향한 경각심의 아차이다.
명품 가방 위로 커피가 쏟아지는 순간도 '아차' 싶은 순간이며,
천 원짜리 라면을 먹으면서 그 몇 배가 되는 커피를 마시는 순간도 '아차' 싶다.

삶이란 아차 싶은 순간의 반복이 아닐까 싶다.
잘못된 일임을 알면서도 반복하게 되는 실수.
그래서 삶이 더 재미있는 것일지도 모른다.
실수를 줄여가다 보면 '아차'를 멈추게 되는 날이 올까?

언제쯤이면 모자람을 벗어날 수 있을까?

| 아차 我差 Feign : Oops

완벽한 밥상

한동안 바쁜 일정에 쫓기다
나를 찾는 사람도 없고 특별한 일정도 없는 날이 찾아왔다.
그때 마련한 호사스런 한 끼의 밥상.
스스로에게 주는 큰 선물이다.
혼자서 짜장면과 탕수육을 시켜 택배 박스 위에 얹어놓고
셀 수 없이 본 앤디 워홀과 그의 뮤즈 에디 세즈윅을 담은 영화
「팩토리 걸」을 다시 켠다.
얼마만의 맘 편한 휴식일까.

이 밥상은 그 어느 것보다 완벽하다.

| 내숭 : **완벽한 밥상** Feign : The Perfect Dinner

인생은 아름다워

당장 먹고 싶은 것이 탕수육인지 짜장면인지는 그리 중요하지 않다.
비록 튼튼하지 않은 식탁이라 할지라도 상관없다.
혼자 앉아 누구의 시선도 의식하지 않은 채 번갈아 젓가락질을 하며
묘한 짜릿함을 느낀다.

| 내숭 : 인생은 아름다워 Feign : What a Beautiful Life

각자의 거울

스무 살 때부터 아르바이트와 학업을 병행하면서 많은 학생들을 가르쳤다.
아이들은 나의 또 다른 거울이었고, 아이들을 통해 나 역시 많은 것을 배웠다.
어린 선생님이어서인지 아이들은 나에게 쉽게 마음의 문을 열어줬고
나 또한 아이들과 함께 있는 힘을 다해 입시를 치렀다.
그렇게 새벽까지 같이 졸음을 이겨낸 많은 제자들이 나의 대학 후배가 되었다.

입시 스트레스로 인해 부모님과의 다툼이 많았던 그들은 스트레스에 가득 차
부모님의 단점과 싫은 점을 종종 말하곤 하였다.
하지만 자식은 부모를 거울처럼 닮고 가끔은 그 비슷함이 신기할 정도이다.
누군가가 싫을 때는 자신의 모습과 너무나도 닮았기 때문이라는 건 참 맞는 말이다.
나 역시 그 아이들과 다르지 않았음을 알기에
그런 아이들의 모습이 안타깝기도 하고 웃음이 나기도 했다.

나를 보기 위해 미운 사람들을 다시 한 번 바라본다.

떨림

음악을 리듬, 화성, 멜로디라는 요소로 온전히 설명할 수는 없다.
음악은 단순한 청각적 자극을 뛰어넘어
나를 어떤 공간으로 이끌고
어떤 시간으로 연결하는 강력한 에너지가 된다.
음악이 주는 감동과 떨림은 원초적이고 화려하다.

미술은 시각적 자극을 통해서 시공간을 뛰어넘을 수 있다.
상상의 공간에서 제약이란 존재하지 않는다.
시각적 자극은 나에게 강력한 에너지를 준다.
나는 그런 그림을 통해 사람들에게
감동과 떨림을 주고 싶다.

| 내숭 : **떨림** Feign : Flutter

| 내숭 : 절제 Feign : Moderation

절제

지인의 SNS에서 어떤 글을 봤다.
조금 과격하지만 그럴 듯하다.

"노는 돈 아껴 저금하겠다는 계획 세우지 마라.
한 달에 100만 원이면 1년이면 1200만 원이다. 10년이면 1억2000만 원이겠지.
10년을 모아도 서울에 있는 아파트 전세도 힘들다.
스스로에 대한 투자라 생각하고 하고 싶은 걸 다 해라."

스스로에 대한 투자라 생각하고 하고 싶은 걸 다 하라는 마지막 말은 참 달콤한 유혹이다.
그러나 하고 싶은 걸 다 하고 살 수는 없다는 것을 우리는 너무나 잘 알고 있다.
슬프지만 우리에겐 절제의 미덕이 필요하다.

숨바꼭질

한 가지 키워드만으로 정확한 정보를 얻어낼 수는 없는 것처럼
한 가지 모습만을 보고 다른 사람을 온전히 이해한다는 것은 불가능하다.
마치 숨바꼭질하듯 서로의 숨겨진 모습들을 살펴야 한다.
하지만 우리는 성급하다.

어떤 이는 나의 한쪽 면만을 보고 내가 어떤 사람일 것이라고 제멋대로 오해한다.
때로는 내가 감당하기 힘든 것을 나에게 '기대한다'고 말하며 사실은 나를 평가한다.
그런 사람들과의 관계에서 나는 그 깊이가 깊든 얕든 마음에 상처를 입는다.
그러면서 나 역시도 누군가에게 그런 시선과 평가를 보낸다.

늘 원하는 이야기만을 들을 수 없고, 늘 원하는 모습을 보여줄 수는 없다.
그런 시선과 갈등 속에서 나의 정체성은 만들어지고 있다.

| 내숭 : 숨바꼭질 Feign : Hide-and-Seek

과유불급

|

나는 욕심이 많다.

계속해서 새로운 일들을 만들고,

감당하지 못해 그 속에서 허우적댄다.

반드시 무언가가 될 필요는 없다고 마음먹지만,

나의 조급함은 계속 나를 밀어붙인다.

중도를 지키는 것.

항상 마음으로 되새기면서도 지키기는 참 힘든 말이다.
나이가 들어가면서 나의 조바심도 조금씩 수그러지면 좋겠다.

| 과유불급 Feign : Too Much Is as Bad as Too Little

호흡하다

세상에는 다양한 삶의 모습들이 공존한다.

사람들의 모습 또한 다양해서 내가 예상하거나 상상했던 범위를 넘어서기도 한다.

그래서 가끔은 정말이지 누군가와 새로운 인연을 맺는 것이 두려울 때가 있다.

그래도 살기 위해서든, 발전을 위해서든,

나는 세상과 호흡하고 싶다.

설령 높은 빌딩으로 둘러싸인 삭막한 도시일지라도,

미러볼처럼 차갑게 빛나는 냉정한 세상일지라도,

이따금씩 상처를 받더라도,

어쨌든 내가 사는 세상이기 때문이다.

그리고 무엇보다,

세상 속에서 열심히 호흡하고 살다 보면

이 세상이 아름답고 멋지게 느껴지는 순간이 반드시 찾아온다는 것을

경험으로 알고 있으니까.

| 내숭 : 호흡하다 Feign : Breathe

나를 움직이는 당신

작업을 하다 보면 끼니를 챙기기 애매한 경우가 많은데
그럴 때 수시로 이용했던 패스트푸드 딜리버리 서비스를 떠올리며 그린 그림이다.

대학교 졸업 직후 마음 한편이 많이 무거웠다.
작가로서의 미래가 불투명하게 느껴졌고 뭔가 항상 불안해하면서 그림을 그렸다.
그래서 나와 나의 그림을 찾는 이가 있는 현재가 정말 감사하고,
공부를 하면서도 꾸준히 전시와 다양한 활동을 할 수 있는 하루하루가 정말 소중하다.
보이지 않는 한계를 마주하여 힘에 부친 적도 많지만
무언가에 몰두할 수 있는 바쁜 일상이 있어 나는 행복하다.
힘든 과정이긴 하지만 그림을 그리는 것이 나를 채찍질하기보다는
즐거운 마음으로, 멈출 수 없어서 하는 일이고 싶다.
그리고 그 동력을 제공하는 것은 바로 나의 작품을 감상해주는 관객들의 관심과 사랑이다.
그러니 진짜 '나를 움직이는 당신'은 바로 관객일 것이다.

| 내숭 : 나를 움직이는 당신 Feign : You Move Me

본드 걸

곧게 등을 펴고 창문에 비친 나를 바라본다.
촘촘하게 딴 댕기가 오늘 따라 유난히 고집스러워 보인다.

유난히 사람들과의 관계가 퍽퍽하고 건조한 하루였다.
모두들 어제와 다르지 않는 일상들이었을지도 모르지만,
왠지 내게는 더 냉정하게 대하는 것처럼 느껴진다.
내가 예민한 거려니 생각을 해보지만 야속한 마음은 사라지지 않는다.

이런저런 고민을 하다 거울을 본다.
곧게 등을 펴고 분무기를 들어본다.
좀 허세스럽고 우스워 보일지 몰라도 이 정도 자세면 웃을 수 있을 것 같다.
비록 혼자이기에 취할 수 있는 자세지만.

| 내숭 : 본드 걸 Feign : Glue Girl

한국화

나는 약간은 고집스럽게 한국화를 그리고 있다.
어릴 적 김홍도, 신윤복 선생의 작품을 통해 받은 감동에
아직도 가슴이 울렁거린다.

한국화는 아름다운 전통이다.
서양의 유화가 덧칠할수록 완성도가 높아지고 무거워지는 반면
수묵화는 덧입힐수록 섬세하고 투명해지는 멋진 재료이다.

이 고운 재료의 멋을 많은 사람들이 알게 되면 좋겠다.

투혼
|

젓가락이 된 스트로.
한국화 재료는 여자의 마음과 같이 예민하다.
조금의 기름기에도 물감은 흡수되지 않기에
작업을 하면서 무언가를 먹을 때에는 조심스러울 수밖에 없다.

이 여리고 예민한 재료들이
나의 작업과 마음을 탄탄히 여물게 한다.

| 내숭 : 투혼 Feign : Fight Sprit

나를 움직이는 당신 Ⅱ

완벽주의는 나를 피곤하게 한다.
어느 정도의 빈틈을 허용하면서 그저 최선을 다해보자 하는 것과
한 치의 빈틈이나 실수조차 허락하지 않겠다 마음먹고 일하는 것은
완성도의 차이는 크지 않을 수 있지만
스트레스를 받는 양의 차이는 엄청나다.
하지만 그 조금의 완성도 차이가 이후 결과를 크게 바꿔놓을 수도 있다는 생각을 하면
마음은 초초해지고 몸은 지쳐간다.

작품을 옮길 때 이용하는 트럭 번호판의 '99구9999'라는 숫자는
미완(未完)의 미(美)를 뜻한다.
고금의 시인들이 '달도 차면 기우나니'라고 읊었듯이
99퍼센트의 순간이 완벽함보다 더 아름다울 수 있다.
좀 모자라고 아쉬운 듯한 바로 그 상태에서 멈추는 것이
세상을 살아가는 순리가 아닐까 싶다.
이 번호판의 숫자는 그 의미를 마음에 새기듯 그려 넣은 것이다.

| 내숭 : 나를 움직이는 당신 Feign : You Move Me

나르시스

내숭 시리즈는 이 작품과 함께 첫발을 내딛었다.
대학생이던 그때는 이 한 장의 그림을 그리기 위해서
열 장 가까운 종이를 소모하였다.
치마의 선, 먹의 번짐, 얼굴의 모습까지
마음에 들도록 그리기란 쉬운 일이 아니어서 여러 번을 새로 그렸던 것이다.
그래서 더 특별한 의미가 있는 이 작품은 지금까지 팔지 않고 남겨두고 있다.

작품에서 인물을 매개로 사용하게 된 것은
인물로 작업을 하는 두 은사님의 영향을 많이 받았다.
또 인물화에서는 인물의 구도와 동세가 중요하므로
사실적인 표현을 위해서 인물 사진을 참고하였다.
더 많은 관찰을 위해 스스로 작품의 모델이 된 것은 자연스러운 선택이었다.

| 내숭 : 나르시스 Feign : Narcissus

Hidden Story

내숭 이야기는 한복이 주는 고상함과 비밀스러움에 착안했다.
넓은 치마폭 속에 숨겨진 이야기들에 귀를 기울이는 것이 내숭을 보는 방법이다.

생일 파티를 준비하는 여인은 하트 모양의 검정 풍선을 불고 있다.
치마 아래 사물들은 마치 인물이 깔고 앉은 계단처럼 쌓여 있다.
작업할 당시 머릿속에 떠오르는 것들을 즉흥적으로 그려 넣었는데,
여기에 들어간 이미지들이 무의식 속에서 나를 끌어당기는 것들인 듯하다.
어릴 적 탔었던 말 모양의 자전거, 재밌게 봤던 야구 경기, 항상 가지고 다니는 선글라스….
여기 있는 소소한 것들은 내 경험, 생각, 생활과 밀접하게 이어져 있다.

지금 나의 숨겨진 스토리를 그린다면,
또 어떤 이미지들이 들어가게 될까?

| 내숭 : Hidden Story Feign : Hidden Story

대비

내가 내숭 시리즈 작업에서 발전시키고 있는 모티프 중 하나는
우리가 무의식중에 당연한 것으로 받아들이고 있는 통념에 충격을 가하는 것이다.
작품에서 전통 의상인 한복을 입은 인물이
현재의 시대성을 상징하는 소품을 사용하는 모습이 묘한 대비를 불러일으킨다.
예컨대 한복을 입고 이어폰을 귀에 꽂은 채로 자전거를 타고 가는 모습이나
책상에 발을 올린 채로 태블릿을 조작하는 모습은
통념상의 예법이나 기대에 걸맞은 이미지는 아닌 것이다.

인물이 한복을 입고 있는 것은
내숭과 관련하여 은폐성이나 복잡성을 상징하며,
작품의 심미성을 더한다는 기능적 측면이 있다.
하지만 그보다 중요한 것은 한복을 입고 있는 인물의 동세와
시대성을 담고 있는 소품들의 대비가 주는 의외성이다.
화면에 전통 의상과 현대의 일상을 공존시키고 겉과 속이 다른 여인의 내숭이라는,
일종의 비상식 내지 아이러니를 형상화함으로써 파격을 제시하고 싶었다.

둘

내숭 올림픽

원동력

|

나는 아직도 '작가'라는 호칭이 어색하고 부끄러울 때가 있다.
불과 2년 전만 해도 불확실한 미래에 불안해하는 대학생이었던 내가
어느덧 '신진 작가'라고 불리고 주목 받는 사실에
여전히 어리둥절하고 감사할 따름이다.

아직도 부족함이 많지만
나의 작품을 좋아해주는 분들의 기대와 응원에 부응해야겠다는 의무감은
나를 떠받치는 중요한 원동력이 된다.

탄탄대로

한강의 물비린내가 생각보다 나쁘지 않다.
어린 시절 기억에는 좀 더 심했던 것 같았는데 이제는 별로 문제 되지 않는다.
내 앞을 가로막고 있는 자전거들,
봄 햇살을 받으며 산책하는 가족들과 연인들로 막혀 있는 길을
어떻게 뚫고 가느냐가 더 문제.
이미 롤러블레이드는 탄력을 받아 꽤 빠른 속도로 나가고 있고
난 이리저리 피해가며 나의 길을 헤쳐 나가야 한다.
정해진 길은 없다. 정답도 없다.
순간의 판단으로 길을 만들며 나아가야 한다.

내 삶을 이끄는 지표가 충분치 않은 상황에서 나의 길을 모색하는 것은
상당한 의구심과 두려움을 동반한다.
하지만 나는 결국 길을 찾아내고야 말 것이다.
다른 이가 가지 않았던 낯선 길이라도 상관없다.
내가 가는 길이 바로 나의 탄탄대로일 테니까.

| 내숭 : 탄탄대로 Feign : Speed of Highway

당신은 지금 어디에

어려운 일에 직면하거나 실패를 경험할 때면
내 삶의 좌표에 회의를 품고는 한다.

나는 지금 무엇을 위해 이러고 있는 것일까.
나는 왜 이곳에 있는 것인가.
나에게 가치가 있는 것은 무엇일까.
행복을 위해서 무엇을 꿈꾸고 살아야 할까.

하지만 약간의 표류에도 불구하고
결국엔 항구에 안착할 것이라고 믿으며
"고난이 있을 때마다 그것이 참된 인간이
되어가는 과정임을 기억해야 한다"는 괴테의 말을 떠올려본다.

| 내숭 : 당신은 지금 어디에 Feign : Where Are You Now

승리는 나의 것

승패를 판가름하는 것은 결정적인 단 한 번의 큐!
이 순간까지 얼마나 빈틈없이 준비하고 치열하게 노력하였는가가
그 한 큐의 정확성을 결정한다.
순정녀는 오늘도 여유로운 모습으로 하나하나 시합을 준비한다.
습관처럼 몸에 밴 꼼꼼함과 성실함이 그녀를 승리로 이끌어줄 것이다.

승리는 나의 것!

| 폼생폼사 : 승리는 나의 것! Swag or Die : Victory is Mine!

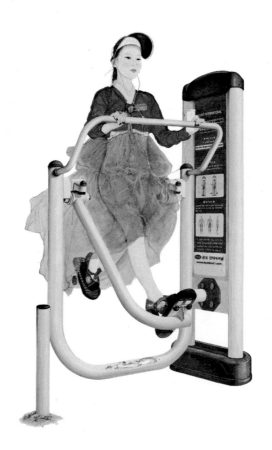

마라토너

우리 모두는 각각 마라토너다.
결승점이라는 같은 목표를 가지고 있다.

결승점에 도달하는 시간과 속도는 모두 다르다.
결승점에 도달하지는 못하는 경우도 있다.
하지만 중요한 것은 결과보다는
달리고 있는 이 순간이 모인 과정이다.

| 내숭 : 마라토너 Feign : Marathoner

갈증, 오아시스를 찾아

|

사막이 아름다운 이유는 오아시스가 있기 때문이라고 했다.
우리의 인생이 아름다운 이유도 마찬가지일 것이다.

지금까지 바쁘게 달려오느라
지나친 오아시스들을 다시 돌아보려 한다.
이제부터는 오아시스를 만나면
물도 한잔 마시고 그늘에서 잠도 한숨 자봐야겠다.

서두르지 않고 천천히, 침착하게 한 발씩 내딛는 것이
더 건강한 진보라는 것을 점점 느끼는 요즘이다.

| 내숭 : 갈증, 오아시스를 찾아 Feign : Thirsty, Journey for Oasis

레드카드

어릴 적 우리 모두는 울음이라는
레드카드를 가지고 있었다.
울면 모든 것이 해결되었던 그때.
가끔은 그때로 돌아가고 싶기도 하다.
레드카드를 꺼내 날 힘들게 하는 것들에
퇴장 명령을 내릴 수 있다면 얼마나 좋을까.

나는 아직도 어른이 되려면 멀었나 보다.

| 내숭 : 레드카드 Feign : RED Card

순정녀

마치 어른을 따라 하는 아이처럼,
순정녀도 프로 선수들을 따라 폼을 잡아본다.
정열과 의지, 노력으로 자세를 가다듬다 보면 나도 프로로 성장하지 않을까 기대하며,
여전히 작은 일들에도 흔들리지만,
그래도 나는 한 발자국 한 발자국 앞으로 걷고 있다.

「순정녀」는 현재 나의 자화상이자,
올해의 대표작으로 꼽고 싶은 그림이다.

| 폼생폼사 : 순정녀 Swag or Die : Naive Lady

Shall We Dance?

다리나 팔의 힘이 풀리면 안 된다.
아래를 내려다보기도 싫고
그렇다고 하늘을 보고 싶지도 않다.
당장 손에 잡힐 돌만 살피며
조금씩 기어 올라갈 뿐이다.

적당히 힘을 빼고 살아야 한다고 말하지만
말처럼 쉬운 일은 아니다.
힘을 주었다 뺐다를 반복하며 균형 있게.
다시 한 번 다른 길을 제시해줄 것이다.
결국엔 내려오겠지만 또 손목에 힘을 주어
다음 돌을 잡고 올라가 본다.

| Shall We Dance Shall We Dance

설레임

성장한다는 것은 삶의 색채와 향기를
더 다채롭고 섬세하게 느낄 수 있게 된다는 변화로 나타난다.
난생 처음 맞닥뜨리는 일들은 나를 놀라고 당혹케 만들기도 하지만,
실수가 있더라도 새로운 경험들을 통해서
색다른 삶의 감각을 터득하게 되는 것은 다행스런 일이다.

한 발 뒤로 물러선 것처럼 느껴지는 순간
역설적으로 두 발 더 앞으로 나아가게 된다
그리고 이 한 발의 진보를 항상 뒤늦게 깨닫는다는 것 또한 아이러니다.

스물여섯에서 스물일곱으로 넘어가는 삶의 관문에서

나는 버겁다고 느껴질 만큼 큰 도약을 경험했다.

정말 쉽지 않은 한해였다.

느닷없이 찾아온 커다란 생활의 변화를 견뎌내며 1년을 지내고 나니

어느덧 내가 감응할 수 있는 삶의 색채와 향기가 몇 가지 더 늘어났음을 느낀다.

무궁화 꽃이 피었습니다

눈을 가리고 "무궁화 꽃이 피었습니다!"라고 외치는 순간,
술래 몰래 몇 발자국 다가오는 사람이 있다.
술래는 못 본 듯 더 외친다.
사실은 알면서 모른 척하며 다시 한 번 더 외친다.

그녀의 봄은 이렇게 숨바꼭질하듯 찾아온다.

| 내숭 : 무궁화 꽃이 피었습니다 Feign : The Roses of Sharon Has Blossomed

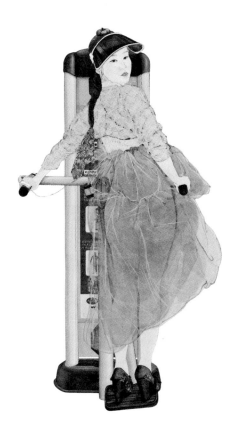

누구나 비밀은 있다

아무에게도 말할 수 없는 나만의 비밀.
그런 비밀은 누구나 하나쯤은 가지고 있을 것이다.
오늘도 순정녀는 치마 속에, 마스크 아래에 비밀을 속삭인다.

누구나 비밀은 있다.

| 내숭 : 누구나 비밀은 있다 Feign : Everyone Has Secrets

수줍은 엉덩이

|

나른한 오후.
따스한 햇살.
곱게 땋은 댕기머리.
가려진 옷 속으로 비치는 실루엣.

이어폰 너머로 들려오는 그의 목소리.

시선을 의식하는 듯
의식하지 않는 듯
짐짓 당당한 척하는 그녀의 몸짓이 수줍다.

| 내숭 : 수줍은 엉덩이 Feign : Shy Butt Proud

나는 네가 필요해

순정녀에게 삼발이가 필요하듯
우리는 누군가를 필요로 하고,
그만큼 누군가에게
필요한 존재가 되고 싶어 한다.
목적이 있는 관계가 아닌,
단지 그 존재 자체로 마음 든든하고
위안이 되는 사람.

나는 네가 필요해.

| 폼생폼사 : 나는 니가 필요해 Swag or Die : I Am Reliant on You

불금
|

금요일 아침의 출근길,
아이유와 장이정의 「금요일에 만나요」가 라디오에서 흘러나온다.
도대체 이 노래는 금요일의 설렘을 어쩜 이렇게 잘 그려냈을까.

감탄하며 노래를 흥얼거리다 보니
나도 모르게 마음속에
봄바람과 꽃향기가 살랑거린다.

| 폼생폼사 : 불금 Swag or Die : T.G.I.F.

스리, 투, 원, 발사!

우리의 삶에는 '새로운 나'로 도약하는 순간들이 있다.
그리고 그 순간 나를 끌어올릴 수 있으려면 많은 준비와 다짐이 필요하다.
나를 가치 있는 사람으로 만드는 것은 생각보다 쉽지 않다.

나름 열심히 산다고 생각하지만 그래도 자책하는 일이 종종 생기곤 한다.
그럴 때 필요한 것은 자기애라고 생각한다.
어떠한 어려운 상황에서도 스스로의 존엄과 가치를 저버리지 않을 수 있는 힘.
자기애가 바탕이 된 성공이었을 때 자기 자신뿐만 아니라
옆의 소중한 이들에게까지 진정한 행복감과 성취감을 줄 수 있을 거라 믿는다.

결국, 나를 사랑하는 것이 먼저다.

| 내숭 : 쓰리, 투, 원, 발사! Feign : Three, Two, One, Launch!

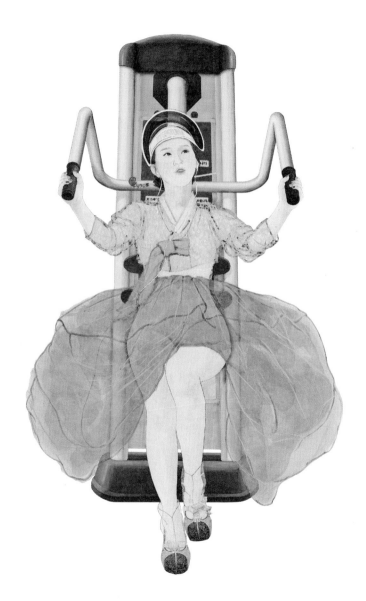

기대해

귀에 심장소리가 들린다.
두근두근.
타인의 시선이 모이는 순간,
떨리는 마음을 다잡듯 공을 손질한다.

한없이 무거운 남의 시선이지만
용기를 내어 그들의 눈빛을 향해
마음속으로 '기대해'라고 말해본다.

| 폼생폼사 : 기대해 Swag or Die : Expectation

내 마음이 들리니?

속마음을 쉽게 전할 수 없어 가슴앓이한 시간들이 있다.
에둘러 마음을 표현해보지만 둔감한 그가 내 마음을 모를 때의 답답함과 막막함.
내 마음의 소리를 들려줄 수 있는,
마음에서 마음으로 전달되는 확성기가 있다면 얼마나 좋을까.
담아두었던 말들을 속 시원히 털어놓고 나면 참 홀가분할 것 같은데.
오늘은 용기를 내서 내 마음을 외쳐볼까.

| 내숭 : 내 마음이 들리니? Feign : Do You Hear Me?

여정

|

가을이 한창 무르익을 무렵,
하늘에 끌려 작업실 근처의 근린공원에 나선 적이 있다.

공원의 체력 단련장은 활기가 넘친다.
다양한 복장, 다양한 얼굴을 한 사람들이 제각기 운동에 몰입해 있다.
운동을 하는 사람들의 다양한 표정들을 보면서
각자의 삶의 여정에 관해 생각해보았다.
그리고 각각의 사람에게서 느껴지는 오라는
청명한 공기, 새파란 하늘, 울긋불긋한 단풍과 더불어
나에게 다채로운 색의 향연처럼 다가왔다.
바로 그 찬란한 이미지가 '내숭 올림픽'의 출발점이 되었다.

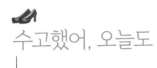

수고했어, 오늘도

역기 시리즈는 시간에 대한 생각을 옮긴 작업이다.
하루하루의 무게는 버거울 정도로 무겁다.
지난 가을에는 내가 견뎌내야 하는 하루의 중압감이 최고조에 달했던 것 같다.
그러던 어느 날 파란 하늘에 끌려 모처럼 공원에 나가
벤치에 누워 쉬었던 기억이 난다.

잠시 잠깐의 휴식을 가지며
하루하루 잘 버틴 나를 스스로 응원한다.
그때 들었던
옥상달빛의 '수고했어, 오늘도'.

| 내숭 : 수고했어, 오늘도 Feign : Keep It Up!

제니티스

올림픽공원 북문에 있는 카페 3층.
파란 하늘 아래 꽃은 피고 나무에는 새싹이 움트고 있다.
눈부시도록 아름다운 날씨에 도저히 작업실에만 있을 수가 없어서 나와 앉은 곳.
거리에는 따뜻해진 날씨를 따라 자전거를 타러 나온 사람들이 지나간다.

나도 마음이 답답한 날이면 자전거를 타곤 한다.
이렇게 이방인처럼 자유롭게 달리고 싶은 날이 있다.

지금의 고민거리, 걱정거리를 잠시 모두 내려놓고
따뜻한 햇살을 받으며 꽃 피는 춘삼월을 즐겨본다.

| 내숭 : 제니티스 Feign : Xenitis

원더우먼 다이어리

나에겐 세 살 터울의 언니가 있다.
어릴 적부터 언니를 통해
3년 후의 내 모습을 간접경험 하곤 했다.
특히 언니의 결혼과 출산, 육아를 옆에서 지켜보면서
정말 대단하다는 생각이 들었다.
엄마들은 참 위대한 존재라는 경외감과 함께,
과연 나도 한 아이의 엄마가 될 수 있을까 하는 생각.
아직은 부족한 사회적 여건 속에서도
본인의 꿈과 가정을 함께 지키기 위해
정말 열심히 살아가는 주변의 많은 원더우먼들에게
격려와 찬사를 보낸다.

| 내숭 : 원더우먼 다이어리 Feign : Wonder Woman Diary

주부 9단의 봄날

젊은 날의 우리 엄마도
오늘의 나처럼 가슴 벅찬 꿈을 그리면서
늘 젊고 아름다운 모습을 유지한 채
그렇게 나이 들어가기를 바랐을 것이다.
하지만 우리를 낳고 기르면서
얼마나 많은 꿈과 젊음을 양보하셨을까.

가족들의 뒷바라지로 지나가버린
엄마의 세월에 경의를 표하고 싶었다.
젊은 아가씨 때로 돌아간 엄마가
누구보다 멋지게 골프채를 휘두르는 모습을 상상하며….

| 폼생폼사 : 주부 9단의 봄날 Swag or Die : Spring of a Professional Housewife

나를 들다

가장 다시 돌아가고 싶은 연령대는 20대라는 설문조사 결과를 본 적이 있다.
어른들도 다시 돌아간다면 스무 살로 돌아가고 싶다고,
그때가 참 좋은 시절이라고 말한다.
하지만 정작 20대인 나는 그 느낌을 잘 모른다.

내가 경험하는 세상은 모두 난생 처음 겪는 낯선 것이다.
우리에게 예정된 삶의 단계들은 앞으로도 까마득하다.
고심 끝에 내린 판단이 결국 섣부른 것이었던 것으로 드러나기도 하고,
미래에 대한 불안에 한없이 막막하고 초조해지기도 한다.
그 삶과 고민의 무게가 너무 무겁게 느껴지기에
놀라운 가능성의 순간이 가득한 이 시기를 즐기지 못하는가 보다.

언젠가 지금의 고민들을 떠올리며 부끄러워할 순간이 올지도 모르지만
이 시기를 다 겪어내기 전에는 어쩔 수 없이 현재의 나를 힘겨워 할 것이다.

| 내숭 : 나를 들다 Feign : Lifting my Mind

135

우연을 가장한 만남

타인을 보고 판단하는 것은 가볍지만
나를 바라본다는 것은 정말 어렵다.
나는 나에게 떳떳한 존재일까?

우리는 어쩌면 자신에게 가장 관대한 모습을 보이고 있는 것 같다.
솔직하게 내 모습을 마주하는 것은 그렇게나 어렵고 두려운 일일까?
오늘도 찡그린 얼굴의 나를 마주칠까 조심스럽게 일어나본다.

스물일곱, 세월의 무게

가끔은 당연하게 80세까지는 무병장수할 것이라 생각한다.

당장 10년 앞도 막막하면서 꿈은 크다.

어른이 될 준비가 안 되어 있는데, 벌써 내 나이 스물일곱.

27년의 시간도 버거운데,

80년의 무게를 들 수 있을까?

| 내숭 : 스물일곱, 세월의 무게 Feign : The Weight of Time, Age Twenty-Seven

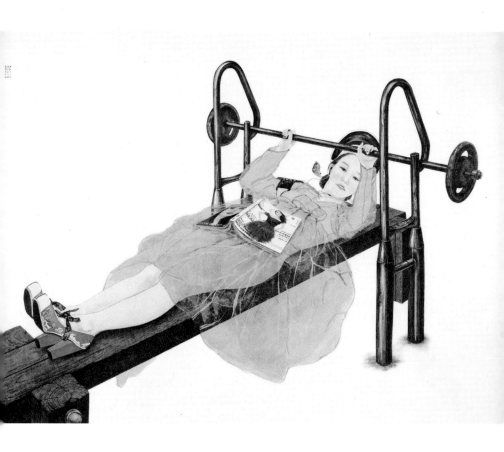

8low me!

잠시 숨을 고르며
이제까지 왔던 길을 되돌아본다.

눈에 보이지 않는 목표로 향하는 길은 언제나 불안하다.
어지러운 마음에 시선을 아래로 내리고 상상해본다.
10년,
20년,
30년 후의 내 모습.
시선에서 벗어나 뚜렷한 목표를 향해 가는 탄탄대로에 서 있을 나.

당당한 자태로
주저 없이 공을 놓는다.

| 폼생폼사 : 8low me! Swag or Die : Follow me!

 도돌이표

인생의 도돌이표가 있다면 어느 순간으로 돌아가고 싶은가라는 질문을
라디오에서 들은 적이 있다.
지나가듯 들은 이야기였지만 종종 이 질문은 머릿속을 맴돌곤 한다.
언제로 돌아갈까.
그때로 돌아간다면 지금보다 나아질 수 있을까.

하지만 고민 끝에 내린 결론은
난 그 제안 자체를 거절하리라는 것이다.
슬픈 결말에서 행복한 결말로 결말이 바뀔 수 있다 하더라도
몰입해서 보던 영화를 중간에 끊고 처음부터 다시 보고 싶지는 않다.
이미 순간순간 나름의 최선을 다해 결정하고 행동하며 여기까지 왔으니까.

| 내숭 : 도돌이표 Feign : Repeat Sign

소통

작가는 보통 사람들의 생각이나 감정을 대신 말해주는 대변인이라고 생각한다.
예민한 감수성을 가지고 보통 사람이 두루뭉술하게 느끼고 있는
문제의식을 예리하게 포착해내거나
많은 사람들이 공감하는 이슈를 적절한 시각적 표현 방법으로
분명하게 표현해주는 전문인인 것이다.
사실 그런 표현적 전문성이 없으면
작가라는 직업은 세상에 존재할 이유나 가치가 없다.
그래서 사람들과 소통하여 그들의 표현 욕구를 대변할 수 있는
작업을 해야 된다고 생각한다.

작가라는 직업은 행복하지만 굉장히 외로운 일이므로
지속적으로 작업하기 위해서 소통은 작가 개인으로 봐서도 중요한 일이다.
그래서 작업의 연장선상에서 많은 사람들을 만나
작업에 관한 이야기를 나누려고 노력한다.
상당한 시간을 들여 SNS에 작업과 그에 관한 생각들을 포스팅한다.
어느 정도 제한은 있지만 그래도 스스로를 객관화하고
사람들에 대해 고찰하는 좋은 기회가 된다.
이러한 소통은 작업을 하면서 지치거나 외로움에 빠지지 않게 만들어준다.

재미 찾기

작품을 구상하고 작업을 진행하는 과정은 참 길고 고된 시간이다.

나는 그 숙성과 연마의 과정을 보내기 위해 재미를 찾는다.

어떠한 일이든 재미를 찾다보면 신기하게도 그 일이 재밌어진다.

| 내숭 : 재미 찾기 | Feign : Seeking Fun

심판 위의 독재자, 킴

|

예전에는 다른 사람들의 평가에 많이 흔들렸다.
그러다 보니 자신감도 의욕도 잃어갔다.
이렇게 흔들리고만 있을 수는 없었다.

내 자신을 찾기 위해
나는 내 그림의 독재자가 되기로 결심했다.

| 내숭 : 심판 위의 독재자, 킴 Feign : Dictator of Judgement Kim

149

1 대 30

어떤 일을 하기 위해 얼마나 많은 생각을 할까?
나는 그랬던 것 같다.
남의 눈에는 사소해 보이는 일에도
그 일을 하기 위해 많은 에너지를 쏟아야 했다.
많은 생각들 중 하나를 정하기 위해
내 안에 있는 생각들은 치열하게 싸워왔다.

오늘도 내 안에 작은 경기가 열리고 있다.

| 내숭 : 1 대 30 Feign : 1 vs 30

기다림이 길진 않을 거야

|

차곡차곡 준비해온 전시.
작품이 벽에 걸린 모습을 상상해보며
나 혼자 미소 지어본다.

좋은 결과를 앞두고 있든,
좋지 않은 결과를 앞두고 있든,
이제 이 기다림을 마무리한다.

| 내숭 : 기다림이 길진 않을 거야 Feign : The Wait Won't Be Long

# 준비 완료!

탕! 하고 흰 공을 튕겨 가지런한 질서를 깨뜨린다.
파격(破格)!
조준한 공을 튕기는 순간 통념으로 대변되는
기존의 질서는 깨지고 새로운 게임이 시작된다.
세상의 질서는 매우 단단해서 깨기 쉽지 않지만
그림 속 순정녀는 자유롭게 통념을 깬다.
나에게 당연한 것처럼 부과되는 세상의 기대.
나의 결정과 사고를 지배하는 타인의 시선.
저 사람은 어떤 사람일 것이라는 편견까지 모두 다.

마음껏 내 자유를 표현할 수 있는 화폭 안이 좋다.

| 폼생폼사 : 준비 완료! Swag or Die : Get, Set, Ready!

내가 제일 잘나가

나는 주로 음악을 들으면서 작업하는데
특히 2NE1의 「내가 제일 잘나가」를 듣다 보면
마치 최면에 걸린 것처럼 용기와 자신감이 샘솟는다.
거기서 영감을 받아 이 작품을 작업했다.
한복을 입은 채 보드를 한쪽으로 들고 위풍당당하게 서 있는 여인.
어울리지 않는 복장을 하고 있지만,
남의 시선을 신경 쓰지 않고 당당하기만 하다.
오늘도 '내가 제일 잘나가'라는 자기최면을 건다.

| 폼생폼사 : 내가 제일 잘나가 Swag or Die : I Am the Best!

유토피아

'유토피아'란 원래 토머스 모어가 그리스어의 '없는(ou)'과
'장소(toppos)'라는 두 단어를 결합하여 만든 용어인데,
동시에 '좋은(eu)', '장소'라는 뜻이 연상되어
'이상향'을 가리키는 말로 통용된다.

나에게 있어 그림은 내 생각이 고스란히 투영되는 거울과 같다.
하고 싶고 소망하지만 다 경험해볼 수는 없는 많은 일들을
그림을 통해 이뤄나간다.
나의 작품은 나의 유토피아.

| 내숭 : 유토피아 Feign : Utopia

셋

나를 그리다

어릴 적 작업

나의 초기작들을 소개한다.
어떤 이의 얼굴이나 몸에 밴 습관이 그 삶의 행적을 보여주듯,
지금까지 쌓아왔던 나의 작업들은
내 생각이 자라고 변해온 궤적을 드러내 보인다.

전시를 왕성하게 하고 있는 지금도
세상에 내 작품을 내놓을 때는 떨리고 긴장이 된다.
더군다나 이런 초기작을 내보이는 것은 더 큰 용기를 필요로 한다.
마치 초등학교나 중학교 때 일기장을 다시 꺼내
읽어보는 것 같은 기분과 비슷하다.
하지만 나라는 사람에 대해 좀 더 많은 것을
보여주고 싶은 마음에 용기를 내어보았다.

고등학교와 대학교 때 그린 이 그림들은
'내숭 이야기'보다 더 솔직하고 직설적이라
나의 생각들이 좀 더 쉽게 읽힌다.
그리고 이 작품들은 지금의 내 그림이 나오게 된 밑바탕을
모자이크 조각처럼 형성하고 있다.
지금 보면 어색한 구도도 보이고
붓질이 거슬리는 부분도 많다.
하지만 당시의 나로서는 최선을 다하고
고민하여 만들어낸 것들이다.
그렇기에 부끄럽고 쑥스럽지만
바깥에 내보일 용기를 낼 수 있었을지도 모르겠다.

지난 작업들을 정리하며 생각을 한 번 더 가다듬고
한 걸음 더 나아갈 수 있는 발판으로 삼아야겠다는 다짐을 해보았다.
언젠가는 지금 작업 중인 '내숭 이야기'도 초기작으로 분류되도록
오랫동안 다양하고 많은 작품 활동을 할 수 있기를 바라본다.

생각이 모여 나를 이루다 I

동양화를 배우며 접했던 먹의 향기와 투명함에 이끌려
동양화를 전공하게 되었다.
연한 먹(담묵)을 한지 위에 칠하면 종이 위로 물이
느긋하게 번지면서 종이가 연하게 물든다.
한 번 칠한 종이를 말렸다가 다시 그 위에 담묵을 덧칠하면
먹이 자연스럽게 번지면서 명암을 만들어내고,
화면의 깊이감과 부드러운 질감을 만들어낸다.
얇은 종이에 물을 스미게 하여
깊이감을 만들어낼 수 있다는 것이 새삼 신기하다.
칠하면 칠할수록 먹이 종이 깊숙이 배어들면서
투명해지는 듯한 느낌은 캔버스에 유화를 그릴 때에는
느낄 수 없는 묘미이다.
요즘은 동양화에서도
서양화에서 쓰는 재료를 사용하는 등
다양한 시도들이 이루어지고 있지만
내가 한지 위에 수묵담채를 고집하는 이유는
바로 이 먹의 매력에 있다.

| 생각이 모여 나를 이루다 Thought Gather to Form Me

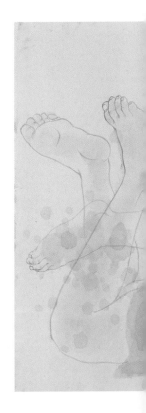

태동

엄마 배 속에 있을 때의 자세가 가장 편한 자세라고 하는 것을 보면
우리는 모두 본능적으로
그 속에서의 평화와 따스함을 기억하고 있는 것 같다.
엄마 배 속의 상태를 구현하는 휴식 공간을 발명한다면
가히 인류 최고의 발명품이 되지 않을까.

| 태동 Fetal Movement

꿈을 그리다

뒤척이는 꿈의 세계를 그려본 이 그림은
고등학생 시절의 작품이다.
무의식의 세계에 대한 관심과 한지 위에 콜라주,
다양한 전통적 문양의 차용 등
내가 지금까지 작품에 사용한 많은 요소들이 담겨 있다.
생각지 못했던 일관성이 그때부터 있었음을 발견하고
새삼 신기하다는 생각이 들었다.

| 꿈을 그리다 Drawing Dreams

소행성, 밝게 조정하다

이 작품은 『어린 왕자』를 읽고 나만의 소행성을 상상하여 그린 것이다.
나는 그 소설이 가지고 있는 어떤 의미를 생각하기 이전에
일단 나 혼자만 사는 소행성을 가진 어린 왕자가 부러웠다.
그 무렵의 나는 사람들로부터 상처를 받으며
실제로 혼자만의 소행성을 간절히 원했었던 것 같다.
남의 시선에 의해 지배받는 세계로부터 벗어나고 싶었다.
하지만 오히려 『어린 왕자』는 혼자만의 세상이 아닌
사람 사이의 관계에 관한 깊은 고민이 담긴 소설이다.

| 소행성_밝게 조정하다 #1 My Little Planet_Adjusting the Brightness #1

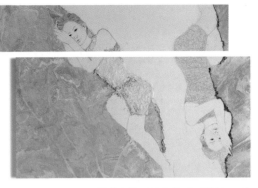

| 소행성_밝게 조정하다 #2 My Little Planet_Adjusting the Brightness #2

어린 왕자는 자신이 혼자 사는 소행성에 날아 들어온 씨앗에서 핀 장미꽃에 사랑을 느끼고
정성 들여 돌보았지만 요구와 불평불만만을 늘어놓는 장미꽃에 실망하여 행성을 떠난다.
그리고 여정을 통해 어린 왕자가 장미꽃에게 기울인 시간과 정성,
즉 장미꽃과의 '관계'가 있어 그 장미꽃이 소중한 존재라는 것을 깨닫게 된다.
어린 왕자와 장미꽃은 서로의 관계를 통해서 둘만 있는 소행성에서
각자의 존재를 더 의미 있는 것으로 만들었던 것이다.

이 작품을 작업하던 당시의 나는 나만 혼자 있는 소행성을 생각했지만,
지금은 장미꽃과 함께 있는 소행성에 대해서 생각해본다.
나의 행성에 불현듯 찾아올 장미꽃은 없을까.
나를 포함해서 우리 모두는 항상 그런 관계를 기다릴 것이다.
여전히 사람과 세상에 상처받기를 반복하지만,
그래도 그 상처들을 조금씩 덤덤하게 넘기며 거기에서 오는 깨달음에
더 의미를 부여하고 있는 나를 발견한다.

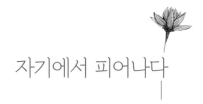

자기에서 피어나다

나는 언니를 따라 미술을 시작했다.
미술을 공부하고 작품을 수련할 때는 물론
일상의 생활에서도 언니를 모델로 삼고는 했다.

이 작품을 그릴 무렵 언니가 결혼을 하였는데
그것이 나에게는 그때까지 살면서 경험하였던 일 중
가장 큰 삶의 변화이기도 했다.
기쁘기도 하고 아쉽기도 한 마음을 담아
연꽃처럼 청초하고 화사하게 피어나는
언니와 나의 모습을 그려보았다.

지금은 귀여운 조카를 낳아 기르느라
작업을 거의 쉬고 있지만
언젠가는 언니도 다시 작가로서 피어나길 기대한다.

| 自器에서 피어나다 Blooming Forth from My Bowl

자기에 잠기다

대학교를 졸업할 무렵 연꽃에 관심을 가진 때가 있었다.
학교 행정관 앞에 수조형 화분이 하나 있었는데 거기 연꽃이 핀 것을 보고는
흙탕물에 뿌리를 두고도 진흙에 더럽혀지지 않는다는
연꽃의 초연함을 모티프로 삼아 그림을 그려보자는 생각이 들었다.

비록 불자(佛子)는 아니지만 나의 마음속에 연꽃을 피워내고 싶었다.
양평의 세미원에서 연꽃과 연잎의 깨끗함과 또렷함을 스케치하여 오기도 했다.
대학교 졸업 후 불안하면서도 평화롭고 여유로웠던 시기를 보내면서
내숭 이야기를 개시하기 위한 몸과 마음의 에너지를 충전하였는데,
그때의 에너지가 밝아지고 차분해진 분위기로 나타난 것이 바로 이 작품이다.

| 自器에 잠기다 Sinking into My Bowl

자화상

|

나의 존재에 대한 관심, 그리고 생각이 모여
나를 이룬다는 관념은 한동안 작업의 모티프가 되었다.
나의 존재에 대한 회의와 자문, 자각이 반복되며
자연스럽게 내 작업의 가장 중요한 소재가 되었던 것이다.
그리고 보면 다른 사람을 희화화하고자 시작했던 내숭 이야기도
결국 나의 이야기로 귀결될 수밖에 없었을지도 모르겠다.
여전히 나의 가장 주된 관심사는 바로 '나'이다.

| 숑_ 자화상 Thought_Self-portrait

생각이 모여 나를 이루다 Ⅱ

이 작업은 각별한 의미가 있다.
전시에 작품을 내서 처음으로 판매한 작품이기 때문이다.
이 그림이 팔리던 날, 드디어 작가로서 첫발을 내딛는구나 하는 설렘과 기쁨에
잠을 이루지 못했던 기억이 생생하다.
이 작품을 판매한 아시아프(ASYAAF)는 매년 여름에 개최되는
아시아 대학생 청년 작가 미술 축제다.
작가로서 첫발을 내딛는 신진 작가들의 작품들을 전시하고
비교적 저렴한 가격에 판매도 이루어지는 의미 있는 장이다.
나는 2009년부터 2013년까지 매해 참가했는데,
나에게 작가로서의 첫발을 내딛을 수 있는 디딤돌이 되어준
이 축제에 대한 애정이 각별하다.

| 생각이 모여 나를 이루다 Thought Gather to Form Me

새벽의 움직임

재수를 하던 시절은 내가 살면서 가장 공부를 열심히 했던 때이다.
매일같이 새벽이면 학원에 가서 밤이 늦어서야 집에 돌아왔다.
수능 즈음에는 양치질을 하다가 칫솔을 입에 문 채 몇 번이나 잠이 들 정도로
잠잘 시간까지 최대한 줄여가며 공부와 작업에 매달렸다.

하지만 아침 일찍 지하철을 타고 학원에 갈 때
길거리에서 느껴지는 분주함과 활기,
그리고 왠지 모를 설렘은
졸리고 지친 몸을 깨워주는 묘한 힘이 있었다.
그리고 그 안에 내가 있다는 것만으로도
뭔가 작은 안심이 되었다.

| 새벽의 움직임 Movement at Dawn

쉼표

|

내가 음식을 먹는 행위를 자주 소재로 삼는다는 사실을
최근에야 깨닫게 되었다.
무의식중에 '먹는다'는 행동에
꽤 큰 의미를 부여하고 있었나 보다.

그리고 이 작품에 내가 붙인 제목을 보고
그 이유를 알게 되었다.
정신없이 바쁜 작업 속에서
저녁을 먹으려고 나오는 시간이
당시의 내게 유일한 휴식이고
즐거움이었던 것이다.

| 쉼표 Break

Artwork List

내숭 : 空
Feign :Heritage of the Mind
한지 위에 수묵담채 · 콜라주
110×180cm, 2013

내숭 : 피어나다
Feign : Come into bloom
한지 위에 수묵담채 · 콜라주
50×50cm, 2012

내숭 : 몰입
Feign : Immersion
한지 위에 수묵담채 · 콜라주
직경 90cm, 2011

내숭 : 戀心
Feign : Longing
한지 위에 수묵담채 · 콜라주
50×50cm, 2011

내숭 : 공
Feign :Heritage of the Mind
한지 위에 수묵담채 · 콜라주
50×50cm, 2013

내숭 : 새벽 1시
Feign : 1:00 AM
한지 위에 수묵담채 · 콜라주
50×50cm, 2011

내숭 : 본능
Feign : Instinct
한지 위에 수묵담채 · 콜라주
110×90cm, 2013

아차
Oops
한지 위에 수묵담채 · 콜라주
145×117cm, 2012

동상이몽
My soul is on something else
한지 위에 수묵담채 · 콜라주
직경 120cm, 2013

내숭 :내면의 초상
Feign : Portrait of inner ego
한지 위에 수묵담채 · 콜라주
195×131cm, 2012

내숭 : 새빨간 거짓말
Feign : Whopper
한지 위에 수묵담채 · 콜라주
182×119cm, 2013

내숭 : 몰입
Feign : Immersion
한지 위에 수묵담채 · 콜라주
160×119cm, 2011

내숭 : 낯선 혹은 익숙함
Feign : Familiar but Unfamiliar
한지 위에 수묵담채 · 콜라주
85×155cm, 2013
한지 위에 수묵담채 · 콜라주
118×150cm, 2013

내숭 : 너를 통해 위로 받는다
Feign : Soothing...
한지 위에 수묵담채 · 콜라주
130×170cm, 2013

내숭 : 주객전도
Feign : Putting the cart before the horse
한지 위에 수묵담채 · 콜라주
182×122cm, 2013

내숭 : 운치 있다
Feign : Harmony with Tran quility
한지 위에 수묵담채 · 콜라주
130×162cm, 2013

아차
Oops
한지 위에 수묵담채 · 콜라주
160×110cm, 2013

내숭 : 완벽한 밥상
Feign : The Perfect Dinne
한지 위에 수묵담채 · 콜라주
130×162cm, 2013

내숭 : 인생은 아름다워
Feign : What a Beautiful Life
한지 위에 수묵담채 · 콜라주
130×162cm, 2013

내숭 : 떨림
Feign : Flutter
한지 위에 수묵담채 · 콜라주
67.5×60cm, 2013

내숭 : 내면의 초상
Feign : Portrait of inner ego
한지 위에 수묵담채 · 콜라주
195×131cm, 2012

내숭 : 절제
Feign : Moderation
한지 위에 수묵담채 · 콜라주
50×50cm, 2012

내숭 : 숨바꼭질
Feign : Hide-and-Seek
한지 위에 수묵담채 · 콜라주
63×90cm, 2013

과유불급
Too much is as bad as too little
한지 위에 수묵담채 · 콜라주
직경 50cm, 2013

내숭 : 호흡하다
Feign : Breathe
한지 위에 수묵담채 · 콜라주
50×50cm, 2011

내숭 : 나를 움직이는 당신
Feign : You Move Me
한지 위에 수묵담채 · 콜라주
195×288cm, 2013

내숭 : 본드걸
Feign : Glue Girl)
한지 위에 수묵담채 · 콜라주
68×46cm, 2013

내숭 : 투혼
Feign : Fight Sprit
한지 위에 수묵담채 · 콜라주
111×129.5cm, 2013

내숭 : 나를 움직이는 당신
Feign : You Move Me
한지 위에 수묵담채 · 콜라주
130×196cm, 2013

내숭 : 나르시스
Feign : Narcissus
한지 위에 수묵담채 · 콜라주
90×72cm, 2011

내숭 : 히든 스토리
Feign : Hidden Story
한지 위에 수묵담채 · 콜라주
159×128cm, 2012

내숭 : 탄탄대로
Feign : Speed of highway
한지 위에 수묵담채 · 콜라주
85×90cm, 2013

내숭 : 당신은 지금 어디에
Feign : Where are you now
한지 위에 수묵담채 · 콜라주
96×130cm, 2013

폼생폼사 : 승리는 나의 것!
Swag or Die : Victory is Mine!
한지 위에 수묵담채 · 콜라주
142×103m, 2014

내숭 : 마라토너
Feign : Marathoner
한지 위에 수묵담채 · 콜라주
200×121cm, 2014

내숭 : 갈증, 오아시스를 찾아
Feign : Thirsty, Journey for Oasis
한지 위에 수묵담채 · 콜라주
190×120cm, 2013

내숭 : 레드카드
Feign : RED Card
한지 위에 수묵담채 · 콜라주
190×120cm, 2013

폼생폼사 : 순정녀
Swag or Die : Naive Lady
한지 위에 수묵담채 · 콜라주
112×134cm, 2014

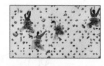

Shall we Dance?
Shall we Dance?
한지 위에 수묵담채 · 콜라주
2840×3060cm, 2014

내숭 : 무궁화 꽃이 피었습니다
Feign : The Roses of
Sharon has Blossomed
한지 위에 수묵담채 · 콜라주
187×111cm, 2014

내숭 : 수줍은 엉덩이
Feign : Shy Butt Proud
한지 위에 수묵담채 · 콜라주
194×130cm , 2014

폼생폼사 : 나는 니가 필요해
Swag or Die : I am reliant on you
한지 위에 수묵담채 · 콜라주
131×194cm, 2014

폼생폼사 : 불금
Swag or Die : T.G.I.F.
한지 위에 수묵담채 · 콜라주
138×98cm, 2014

내숭 : 쓰리, 투, 원, 발사!
Feign : Three, Two, One, Launch!
한지 위에 수묵담채 · 콜라주
200×125cm, 2014

폼생폼사 : 기대해
Feign : Expectation
한지 위에 수묵담채 · 콜라주
138×92cm, 2014

내숭 : 내 마음이 들리니?
Feign : Do you Hear me?
한지 위에 수묵담채 · 콜라주
190×120cm, 2013

내숭 : 수고했어, 오늘도
Feign : Keep it Up!
한지 위에 수묵담채 · 콜라주
107×165, 2014

내숭 : 제니티스
Feign : Xenitis
한지 위에 수묵담채 · 콜라주
128×188cm, 2013

내숭 : 원더우먼 다이어리
Feign : Wonder Woman Diary
한지 위에 수묵담채 · 콜라주
182×122cm, 2013

퐁생퐁사 : 주부 9단의 봄날
Swag or Die : Spring of a
Professional Housewife
한지 위에 수묵담채 · 콜라주
191×130cm, 2013

내숭 : 나를 들다
Feign : Lifting my Mind!
한지 위에 수묵담채 · 콜라주
124×183, 2014

내숭 : 우연을 가장한 만남
Feign : Planned Coincidence
한지 위에 수묵담채 · 콜라주
129×153cm, 2014

내숭 : 스물일곱, 세월의 무게
Feign : The Weight of Time,
age Twenty-seven
한지 위에 수묵담채 · 콜라주
130×189, 2014

내숭 : 8low me!
Feign : Planned Coincidence
한지 위에 수묵담채 · 콜라주
115×154cm, 2014

내숭 : 도돌이표
Feign : Repeat Sign
한지 위에 수묵담채 · 콜라주
161×102cm, 2014

내숭 : 재미 찾기
Feign : Seeking Fun
한지 위에 수묵담채 · 콜라주
190×120cm, 2013

내숭 : 심판 위의 독재자, 킴
Feign : Dictator of Judgement Kim
한지 위에 수묵담채 · 콜라주
190×120cm, 2013

내숭 : 1 대 30
Feign : 1 VS 30
한지 위에 수묵담채 · 콜라주
190×120cm, 2013

내숭 : 기다림이 길진 않을 거야
Feign : The Wait won't be Long
한지 위에 수묵담채 · 콜라주
190×120cm, 2013

폼생폼사 : 준비완료!
Swag or Die : Get Set Ready!
한지 위에 수묵담채 · 콜라주
112×173cm, 2014

폼생폼사 : 내가 제일 잘나가
Swag or Die : I am the Best!
한지 위에 수묵담채 · 콜라주
162×130cm, 2013

내숭 : 유토피아
Feign : Utopia
한지 위에 수묵담채 · 콜라주
96×130cm, 2013

생각이 모여 나를 이루다
Thought Gather to Form Me
한지 위에 수묵담채
131×67cm, 2008

한지 위에 혼합재료
90×65cm, 2007

태동
Fetal Movement
한지 위에 채색
직경 130cm, 2008

꿈을 그리다
Drawing Dreams
한지 위에 혼합재료
182×71cm, 2007

소행성_밝게 조정하다 #1
My Little Planet_Adjusting the
Brightness #1
한지 위에 혼합재료
130×160cm, 2010

소행성_밝게 조정하다 #2
My Little Planet_Adjusting the
Brightness #2
한지 위에 혼합재료
90×140cm, 28×139cm, 2010

自器에서 피어나다
Blooming Forth From My Bowl
한지 위에 수묵담채
128×180cm, 2012

自器에 잠기다
Sinking Into My Bow
한지 위에 수묵담채
119×160cm, 2012

念_ 자화상
Thought_Self-portrait
비단 위에 수묵담채
374×267mm, 2008

새벽의 움직임
Movement at Dawn
한지 위에 수묵담채
88×120mm, 2007

쉼표
Break
한지 위에 수묵담채 · 콜라주
130×130mm, 2007

지은이 김현정

1968년생. 선화예고, 서울대 동양화과를 거쳐 동대학원에서 박사 과정 중에 있다. 2013년 데뷔 전시 〈내숭 이야기〉는 출품작 13점이 이틀 만에 완판되어 화제를 모았고, 2016년 개인전 〈내숭 놀이 공원〉은 6만 7,402명이 관람하여 국내 최다 방문객을 기록하였다. 이외에도 다양한 국내외 전시를 통해 작품을 알려왔으며, 2016년에는 뉴욕 메트로폴리탄 미술관에서 한국인 최연소 개인전을 갖기도 하였다. 대한민국여성미술대전 한국화 부문 금상, 세계평화미술대전 한국화 부문 최우수상, 한국예술평론가협의회 '주목할 예술가상', 서울대학교 총동창회장상 등을 수상하였고, 동아일보 '10년 뒤 한국을 빛낼 100인', 포브스 '아시아에서 영향력 있는 30세 이하 30인'으로 선정되는 등 평단과 언론의 관심을 한 몸에 받고 있다. 기업체와의 광고 컬래버레이션, SNS를 활용한 적극적인 소통을 통해 한국화의 대중화에 앞장서고 있는 한국화의 아이돌로, 현재 한국마사회, 외환은행, 신한은행, 서울대학병원, 미국 이민사 박물관 재단 등에서 그녀의 작품을 소장 중이다.

홈페이지 www.kimhyunjung.kr
페이스북 www.facebook.com/artistjunga
블로그 www.artistjunga.blog.me
인스타그램 www.instagram.com/hyunjung_artist

김현정의

초판 1쇄 발행 2014년 8월 10일
초판 4쇄 발행 2017년 8월 10일

글 · 그림 김현정
발행 (주)조선뉴스프레스
발행인 김창기
편집인 우태영
기획편집 김화(출판팀장), 박영빈
판매 방경록(부장), 최종현
디자인 올디자인
교정 · 교열 김현지

편집문의 724-6726~9
구입문의 724-6794, 6797
등록 제301-2001-037호
등록일자 2001년 1월 9일
주소 서울특별시 마포구 상암산로 34 DMC 디지털큐브빌딩13층 (주)조선뉴스프레스 (03909)

값 15,000원
979-11-5578-028-2 03810

삶을 아름답고 풍요롭게 만드는 도서를 출판하는 조선앤북에서는 예비 작가분들의 소중한 원고를 기다립니다.
블로그 blog.naver.com/chosunnbook
이메일 chosunnbook@naver.com